AF394029

# Mon bel oranger

FichesdeLecture.com

# *Mon bel oranger* (Fiche de lecture)

## I. INTRODUCTION

*Mon bel oranger* est un roman partiellement autobiographique de José Mauro de Vasconcelos, écrivain aux origines indiennes et portugaises publié en 1968, il a été traduit du brésilien par Alice Raillard. Ce roman a connu un succès international. Il a par la suite écrit une quinzaine de romans et de récits

L'auteur nous raconte son enfance, José surnommé Zézé est un enfant blond de 5 ans dans une famille vivant au Brésil. Il déborde de vie, d'imagination, de soif d'apprentissage, de bon cœur mais aussi de bêtises. À cause de ces dernières, la plupart des gens le surnomment la peste ou encore l'enfant qui a le diable au corps.

## II. RÉSUMÉ DU ROMAN

Nous sommes au Brésil entre 1925 et 1930. Zézé, âgé de cinq ans, est déjà doté d'une grande maturité il a appris seul à lire, mais personne ne le croit. Issu d'une famille pauvre, son père est sans emploi, sa mère travaille dans une fabrique pour un salaire de misère, il est très maigre et ses frères et sœurs le battent à l'exception de sa sœur aînée Glória et de son petit frère Luís.

Pour fuir la misère, il s'est inventé un monde imaginaire et fantaisiste dans lequel il parle et se confie à Minguinho, un petit pied d'oranges douces qui se trouve dans le jardin de la maison où sa famille doit emménager.

À Noël, le garçon se rend avec Luis à l'endroit où l'on distribue de vieux jouets aux pauvres, mais ils arrivent trop tard. Les parents n'ont pas les moyens d'offrir des cadeaux ni de préparer un bon repas. Zézé regrette que son père soit pauvre. Le lendemain il part toute la journée cirer des chaussures afin d'offrir, le soir, des cigarettes à son père. En classe, il se montre attentif et offre à sa maîtresse une fleur qu'il a cueillie dans un jardin, les autres élèves ne lui en offrent pas car elle a une tâche sur un œil.

Pour lui acheter un petit costume, sa mère doit accomplir des heures supplémentaires. Fasciné par Ariovaldo, le chanteur des rues, Zézé le convainc de le laisser l'accompagner dans sa tournée une fois par semaine. Ils remportent un grand succès.

Alors qu'il s'accroche à l'arrière de la voiture de Manuel Valadares pour « faire la chauve-souris », ce dernier lui inflige une correction publique. Le même jour, son frère Totoca lui demande de prendre sa place dans une bagarre contre un gros garçon qui a facilement le dessus sur lui. Il se console en parlant avec son oranger et en jouant avec Luis. Puis il se blesse au pied en tentant de voler des goyaves chez une voisine.

Le lendemain, Valadares le fait monter dans sa voiture et le conduit chez le pharmacien pour le faire soigner. Ils deviennent amis et Zézé surnomme son nouvel ami : « Portugâ ». Ce dernier est assez aisé et semble ému de la détresse de l'enfant. Zézé est encore une fois battu par ses frères et sœurs puis son père, il décide alors que c'était la dernière fois qu'on le battait. Il confie à Portugâ qu'il veut se jeter sous le train. Son ami l'en dissuade. Ils partent à la pêche.

Leur amitié tourne à l'affection et dans une scène émouvante : Zézé demande à Portugâ de l'adopter, il refuse mais lui promet de veiller sur lui. Puis, Portugâ meurt dans un accident de voiture et Zézé sombre dans le désespoir.

Sa famille suppose que c'est à cause des travaux de voirie détruisant en partie le jardin familial et l'oranger de Zézé. Le roman se clôt sur la convalescence de Zézé et son père lui annonce qu'il a trouvé un bon emploi et que les temps de misère sont finis. Zézé reprend conscience lorsque l'arbre donne sa première fleur.

Plus de quarante ans ont passé. Zézé, José Mauro de Vasconcelos est devenu un second Portugâ.

# III. PRÉSENTATION DES PERSONNAGES

## Zézé

C'est un petit garçon de cinq ans, il est doté d'une grande maturité et il est doué intellectuellement, il a appris seul à lire, mais personne ne le croit. Issu d'une famille pauvre, son père est sans emploi, sa mère travaille dans une fabrique pour un salaire de misère, il est très maigre et ses frères et sœurs le battent à l'exception de sa sœur aînée Glória et de son petit frère Luís. En réalité Zézé a un grand cœur, il se fait taper à la place de son frère lors des bagarres. Beaucoup le frappent et disent de lui qu'il a le diable au corps, tellement il fait de bêtises. Ceux qui lui diront qu'il a un cœur d'or, Zézé leur dira qu'il a le diable en lui.

Pour fuir la misère et les coups il se créé un monde imaginaire où il se confie à Minguinho, un petit pied d'oranges douces qui se trouve dans le jardin. Très sensible, il tentera tout au long du récit de nouer des relations affectueuses avec son père, mais celui-ci le bat. Il lui offrira cette affection trop tard, quand il trouve un emploi à la fin du roman. Ses parents accaparés par la misère ne s'intéressent pas beaucoup à Zézé qui grandit pourtant au cours du récit. On assiste à sa transformation grâce à son entourage qui l'aime et qui l'aide, le chanteur des rues, sa maîtresse et enfin Portugâ qui devient le père dont il a toujours rêvé.

## Portugâ

Le portugais Manuel Valadares se prend d'affection pour Zézé et le traite comme son propre fils notamment lorsqu'ils vont à la pêche. Assez aisé, il veille sur Zézé et devient ce père symbolique dont le petit garçon a toujours rêvé. Il devient une source de bonheur pour Zézé qui découvre avec lui, l'amour, l'amitié, la tendresse... Zézé grandit et mûrit grâce à l'amour que Portugâ lui porte. Sa disparition fait découvrir la mort, la perte d'un être cher à Zézé.

# IV. AXES DE LECTURE

## L'enfance dans un cadre social défavorisé

L'auteur nous raconte son enfance, âgé de 5 ans il fait beaucoup de bêtises, sans penser aux conséquences, et se fait régulièrement battre par son entourage. La vie est difficile pour sa famille : le travail manque et il n'y a pas de cadeaux pour Noël. Il se réfugie alors auprès de Minguinho, un petit pied d'oranges douces auquel il se confie.

L'auteur nous décrit son enfance mais aussi les conditions de vie des plus pauvres au Brésil à cette époque. Il s'agit de familles nombreuses dont les parents sont au chômage ou occupent un emploi mal payé. On ressent leur mal-être en lisant le roman, ils ne peuvent se nourrir à leur faim, se vêtir ou encore célébrer Noël avec un bon repas. Zézé regrette que son père soit pauvre et le dit à son frère, mais comme son père a tout entendu il se sent coupable et le lendemain il part toute la journée cirer des chaussures afin d'offrir, le soir, des cigarettes à son père.

Tout au long du récit Zézé cherche à se faire aimé de son père, mais accaparés par la misère ses parents ne s'intéressent pas beaucoup à Zézé qui grandit pourtant au cours du récit. Son père ne lui offrira cette affection trop tard, quand il trouve un emploi à la fin du roman.

Ce livre aborde la pauvreté ainsi que le système de bouc émissaire qui peut en ressortir. Zézé est souvent battu, même s'il n'as pas fait de bêtises, tout devient prétexte à se défouler, à exprimer sa colère malheureusement sur l'enfant. Seuls sa sœur aînée Glória et de son petit frère Luís ne le maltraitent pas.

Afin de fuir ce quotidien de misère et de violence, il se créé un univers imaginaire, cher aux enfants lorsqu'ils se sentent seuls, incompris et qu'ils ont besoin de communiquer. L'amitié y tient une grande place avec ses joies et quelques fois ses peines.

La fin du récit montre que la misère n'est pas destructrice s'il y a de l'amour et de la reconnaissance. L'auteur, Zézé sort de la misère grâce au chanteur des rues, à sa maîtresse et enfin Portugâ qui devient le père dont il a toujours rêvé.

## L'évolution de Zézé, le passage de l'enfance à l'adolescence

Zézé passe du monde enfantin avec tout son univers imaginaire à celui des adultes via la souffrance et la mort.

Sa première rencontre avec Valadares est dure, comme la plupart de ses relations avec les adultes. Portugâ lui inflige une correction publique alors qu'il tentait de relever un défie « faire la chauve-souris », il est encore une fois humilié.

Lorsqu'il rentre, personne ne le réconforte au contraire, comme il tarde à venir manger, Zézé est battu par sa sœur Jandira. Il l'insulte et est secouru par Gloria. Puis, Zézé chante devant son père un tango aux paroles scabreuses. Celui-ci le frappe très durement, Gloria arrive de nouveau à son secours.

Il décide alors que c'était la dernière fois qu'on le battait et confie à Portugâ qu'il veut se jeter sous le train. Son ami l'en dissuade. Cette amitié qui se transforme en affection redonne goût à la vie à Zézé. Il connaît des moments de bonheur, de complicité, de sérénité. Il a un véritable ami auquel il peut se confier et avec qui il peut tout partager.

Il connaît grâce à Portugâ le bonheur, mais sa mort va le confronter au deuil, à la tristesse. Son fidèle ami lui aura appris les différents sentiments, comment aborder la vie.

L'auteur a rédigé cette œuvre à l'âge de 47 ans comme s'il avait besoin de temps pour revenir et assumer son enfance. Malgré la tristesse dominante, il nous transmet un certain optimisme, comme un hymne à la vie et à l'amour. La « confession finale » est touchante et transmet un message d'espoir.

# Dans la même collection en numérique

*Les Misérables*
*Le messager d'Athènes*
*Candide*
*L'Etranger*
*Rhinocéros*
*Antigone*
*Le père Goriot*
*La Peste*
*Balzac et la petite tailleuse chinoise*
*Le Roi Arthur*
*L'Avare*
*Pierre et Jean*
*L'Homme qui a séduit le soleil*
*Alcools*
*L'Affaire Caïus*
*La gloire de mon père*
*L'Ordinatueur*
*Le médecin malgré lui*
*La rivière à l'envers - Tomek*
*Le Journal d'Anne Frank*
*Le monde perdu*
*Le royaume de Kensuké*
*Un Sac De Billes*
*Baby-sitter blues*
*Le fantôme de maître Guillemin*
*Trois contes*
*Kamo, l'agence Babel*
*Le Garçon en pyjama rayé*
*Les Contemplations*

*Escadrille 80*

*Inconnu à cette adresse*

*La controverse de Valladolid*

*Les Vilains petits canards*

*Une partie de campagne*

*Cahier d'un retour au pays natal*

*Dora Bruder*

*L'Enfant et la rivière*

*Moderato Cantabile*

*Alice au pays des merveilles*

*Le faucon déniché*

*Une vie*

*Chronique des Indiens Guayaki*

*Je voudrais que quelqu'un m'attende quelque part*

*La nuit de Valognes*

*Œdipe*

*Disparition Programmée*

*Education européenne*

*L'auberge rouge*

*L'Illiade*

*Le voyage de Monsieur Perrichon*

*Lucrèce Borgia*

*Paul et Virginie*

*Ursule Mirouët*

*Discours sur les fondements de l'inégalité*

*L'adversaire*

*La petite Fadette*

*La prochaine fois*

*Le blé en herbe*

*Le Mystère de la Chambre Jaune*

*Les Hauts des Hurlevent*

*Les perses*

*Mondo et autres histoires*

*Vingt mille lieues sous les mers*

*99 francs*

*Arria Marcella*

*Chante Luna*

*Emile, ou de l'éducation*

*Histoires extraordinaires*

*L'homme invisible*

*La bibliothécaire*

*La cicatrice*

*La croix des pauvres*

*La fille du capitaine*

*Le Crime de l'Orient-Express*

*Le Faucon malté*

*Le hussard sur le toit*

*Le Livre dont vous êtes la victime*

*Les cinq écus de Bretagne*

*No pasarán, le jeu*

*Quand j'avais cinq ans je m'ai tué*

*Si tu veux être mon amie*

*Tristan et Iseult*

*Une bouteille dans la mer de Gaza*

*Cent ans de solitude*

*Contes à l'envers*

*Contes et nouvelles en vers*

*Dalva*

*Jean de Florette*

*L'homme qui voulait être heureux*

*L'île mystérieuse*

*La Dame aux camélias*

*La petite sirène*

*La planète des singes*

*La Religieuse*

*1984 A l'Ouest rien de nouveau*

*Aliocha*

*Andromaque*

*Au bonheur des dames*

*Bel ami*

*Bérénice*

*Caligula*

*Cannibale*

*Carmen*

*Chronique d'une mort annoncée*

*Contes des frères Grimm*

*Cyrano de Bergerac*

*Des souris et des hommes*

*Deux ans de vacances*

*Dom Juan*

*Electre*

*En attendant Godot*

*Enfance*

*Eugénie Grandet*

*Fahrenheit 451*

*Fin de partie*

*Frankenstein*

*Gargantua*

*Germinal*

*Hamlet*

*Horace*

*Huis Clos*

*Jacques le fataliste*

*Jane Eyre*

*Knock*

*L'homme qui rit*

*La Bête humaine*

*La Cantatrice Chauve*

*La chartreuse de Parme*

*La cousine Bette*

*La Curée*

*La Farce de Maitre Pathelin*

*La ferme des animaux*

*La guerre de Troie n'aura pas lieu*

*La leçon*

*La Machine Infernale*

*La métamorphose*

*La mort du roi Tsongor*

*La nuit des temps*

*La nuit du renard*

*La Parure*

*La peau de chagrin*

*La Petite Fille de Monsieur Linh*

*La Photo qui tue*

*La Plage d'Ostende*

*La princesse de Clèves*

*La promesse de l'aube*

*La Vénus d'Ille*

*La vie devant soi*

*L'alchimiste*

*L'Amant*

*L'Ami retrouvé*

*L'appel de la forêt*

*L'assassin habite au 21*

*L'assommoir*

*L'attentat*

*L'attrape-coeurs*

*Le Bal*

*Le Barbier de Séville*

*Le Bourgeois Gentilhomme*

*Le Capitaine Fracasse*

*Le chat noir*

*Le chien des Baskerville*

*Le Cid*

*Le Colonel Chabert*

*Le Comte de Monte-Cristo*

*Le dernier jour d'un condamné*

*Le diable au corps*

*Le Grand Meaulnes*

*Le Grand Troupeau*

*Le Horla*

*Le jeu de l'amour et du hasard*

*Le Joueur d'échecs*

*Le Lion*

*Le liseur*

*Le malade imaginaire*

*Le Mariage de Figaro*

*Le meilleur des mondes*

*Le Monde comme il va*

*Le Parfum*

*Le Passeur*

*Le Petit Prince*

*Le pianiste*

*Le Prince*

*Le Roman de la momie*

*Le Roman de Renart*

*Le Rouge et le Noir*

*Le Soleil des Scortas*

*Le Tartuffe*

*Le vieux qui lisait des romans d'amour*

*L'Ecole des Femmes*

*L'Ecume Des Jours*

*Les Bonnes*

*Les Caprices de Marianne*

*Les cerfs-volants de Kaboul*

*Les contes de la Bécasse*

*Les dix petits nègres*

*Les femmes savantes*

*Les fourberies de Scapin*

*Les Justes*

*Les Lettres Persanes*

*Les liaisons dangereuses*

*Les Métamorphoses*

*Les Mouches*

*Les Trois mousquetaires*

*L'étrange cas du Dr Jekyll et de Mr Hyde*

*L'Ile Au Trésor*

*L'île des esclaves*

*L'illusion comique*

*L'Ingénu*

*L'Odyssée*

*L'Ombre du vent*

*Lorenzaccio*

*Madame Bovary*

*Manon Lescaut*

*Micromégas*

*Mon ami Frédéric*

*Mon bel oranger*

*Nana*

*Ne tirez pas sur l'oiseau moqueur*

*Notre-Dame de Paris*

*Oliver twist*

*On ne badine pas avec l'amour*

*Oscar et la dame rose*

*Pantagruel*

*Le Misanthrope*

*Perceval ou le conte du Graal*

*Phèdre*

*Ravage*

*Roméo et Juliette*

*Ruy Blas*

*Sa Majesté des Mouches*

*Si c'est un homme*

*Stupeur et tremblements*

*Supplément au voyage de Bougainville*

*Tanguy*

*Thérèse Desqueyroux*

*Thérèse Raquin*

*Ubu Roi*

*Un Barrage contre le Pacifique*

*Un long dimanche de fiançailles*

*Un secret*

*Vendredi ou la vie sauvage*

*Vipère au poing*

*Voyage au bout de la nuit*

*Voyage au centre de la terre*

*Yvain ou le Chevalier au lion*

*Zadig*

# À propos de la collection

La série FichesdeLecture.com offre des contenus éducatifs aux étudiants et aux professeurs tels que : des résumés, des analyses littéraires, des questionnaires et des commentaires sur la littérature moderne et classique. Nos documents sont prévus comme des compléments à la lecture des oeuvres originales et aide les étudiants à comprendre la littérature.

Fondé en 2001, notre site FichesdeLectures.com s'est développé très rapidement et propose désormais plus de 2500 documents directement téléchargeables en ligne, devenant ainsi le premier site d'analyses littéraires en ligne de langue française.

FichesdeLecture est partenaire du Ministère de l'Education du Luxembourg depuis 2009.

Plus d'informations sur www.fichesdelecture.com

© FichesDeLecture.com

Tous droits réservés

www.fichesdelecture.com

ISBN: 978-2-511-02856-8

**Notes :**